歌集

薄明の窓

内藤 明

砂子屋書房

＊目次

Ⅰ章　２００８〜２０１０

Ⅲ章　2015

装本・倉本　修

歌集　薄明の窓

I 章

2008〜2010

まほろばの樹

突つ立ちて葦吹く風を見てゐたり流され来たる朝のごとくに

人間が陸《くが》と成したる一画にうらうら白きひかりは揺れて

入り海といへど寄せ来る力あり水平線まで一途なる青

春ならば海豚《いるか》の群れを追ひかけて海界《うなさか》越ゆる船もあらむを

言葉とは行く雲の影　わたつみにいま生まれたる水泡《みなわ》を思ふ

天翔《あまがけ》る大き翼の降りて来よジェットの音の途切れたる間《ま》を

色褪せて脳に蔵《しま》はる　ケネディが撃たれし朝の衛星中継

開かれて未来はあるを空を飛ぶ鉄腕アトムの靴を怖れき

馬蹄形磁石に釘のつらなるをつまらなさうに
われは見てゐき

手に取れば鉄の模型に汗滲むC62と呼ぶ黒き
かたまり

奇つ怪な形のままにふくらみて紙のマスクが
ベンチにわらふ

手の甲に首の寝汗をぬぐひをり戦さを知らぬ
中年のくび

燃ゆる水いかなる神に献げしかわれらはしや
ぎて洪水を待つ

ベルリンの壁毀《こぼ》たれし頃なりき昭和は果てて
このがらんだう

海を越え野を越え山越え鳥の眼にまほろばの
樹は見えただらうか

土かぶせ黒き五粒の種葬《はふ》る遙けき夏の朝を見
るべく

むかしむかし水を湛ふる星ありと祖《ば》母《ば》が語り
し日の暮れ方や

緑のグラス

猫のなき十二支などは要らないと熊楠言へり
夢の中にて

年明けて巫女《みこ》となりたるわがむすめ赤裳《あかも》裾引
きお神籤を売る

たこ焼きを雀のやうについばみて欅の下の夫婦善哉

渡りゆく空《から》堀《ぼり》川の石くれは冬の日射しを四方《よも》に返せり

旧き友と向かひて座る面会室さざ波なして沈黙の来る

古きピアノ置かれてありし跡ならむ過ぎし時間は帰ることなし

じゃあまたと片手を挙げてゆっくりと去りゆく男の背なを見送る

存分に愉しみしゆゑ割れるのを待たずに捨てむ緑のグラス

上り来し地上はみぞれ　それぞれの歩幅がありて人間の闇

良きことのひとつあらぬか閏日の寒き朝明《あさけ》を息深く吸ふ

濃く淡く揺れて匂へる仲らひの遠き記憶は完結をせず

卓上に一昨日《をとつひ》のまま置かれ在る蜜柑ひとつに
止めを刺さむ

壺の魚

抑揚をもちて囀る鳥のこゑ祭り果てたる朝《あした》なるべし

巌《いは》の戸をくぐり抜けたる両の眼に海の光は流れて止まず

真向かへる島の由来はさはあれど風に靡きて
われと樹と立つ

巡礼にあらず踏みゆく沖縄の乾きたる道　誰
かが見てゐる

南島のうたを活字にたどりたり太古が今に繋
がりし頃

聞きしよりややに大きく厚みあり陳列ケース
の方言札は

アフリカに生まれしイヴの裔《すゑ》といふあなたと
わたし人骨をもつ

透きとほる海ゆゑ美《は》しき浜辺ゆゑ鉄の熊手が
崩しはじめぬ

吊られたる裸電球　胃の中と島の食材あまねく照らす

もしかして蟹の類《たぐ》ひかゴソゴソがごそごそとして桶は混沌

木々の実と草の根と葉をいただきぬ　釣銭添へて神のてのひら

毛のあらぬ豚のあたまを見てをれば豚の頭は
笑ひはじめぬ

爆音は思はぬ方より響き来て傾《なだ》りを奔る帝国
の影

*

きのふ見しデイゴの朱《あけ》の残る眼にライトアッ
プの桜を見上ぐ

豊橋《ゆたか》わたりてもどる面影橋今年の花の下ゆく
われは

垂乳根の母も持たざるふるさとか都県境の渋
滞にをり

わが身より赤子生《ぁ》れたることあらず便座に鼻をかみつつ思ふ

手の中に小さき壺を廻しゆく青き魚の泳ぎ出すまで

瓢箪

赤き緒に吊るされてゐる物体の隈をたどれば
瓢箪となる
やり直しきかぬ齢と知る時に空也の膣を思は
ざらめや

診察台に目を閉ぢ口閉ぢしばらくをからだの
中を電気が走る

どこといつて悪いところはないけれどわが厚
顔の裏のかさこそ

もしやわれ躁にてあらむか次々と安請け合ひ
を重ねきたりぬ

透明な嘘に組み立てられていく夜の会議を見下ろす時計

ライフルを持ちてゐるらし真向ひに座る男の指、動かざる

指の位置確かめながら弾きゆく膝の三絃それぞれの域

口三味線比喩にあらざりトッテンチントッテ
ンチンと朝の電車に

心して優柔不断を断ちしゆゑ沼のほとりにわ
が独り言つ

伸びをして隣を見れば眼鏡なき猫の時間に秋
の日は射す

酒うまし盃よろし朋友《とも》五人黒く大きなつくゑを囲む

群なして太平洋を泳ぎしか秋刀魚にたいんと酢《す》橘《だち》を搾る

地より湧く虫の声音を聞き分けて豊かなるかな人間の耳

越年

曖昧に私を路傍に立たしめて来るはずもなき
バスを待ちをり

玻璃のそと渡り廊下を行く人は両手に髪を押
さへつつゆく

不慮の死と語る愚かさ不慮の死にあらざる死
びといづこに眠る

さやうなら　暁《あけ》の月齢読みながら少し滲める
目をつむりたり

賜りしイクラの粒をひとつひとつ箸につまみ
てご飯に載せる

罵声、叫声、夜明けの闇に放ちをり夢よりさめて夢の中なる

焦点を絞りてゆけば電柱にレンズの眼がわれを見てをり

とほき日の夢精のごとくめざめたり雪のにほひはいづこより来る

奥の歯に歯間ブラシを当ててをり真顔といふをつひに持たざる

次々と天狗が降りて来る夜なり絵本の国に帰るすべなし

茶を注ぎ山葵を少し溶きたれば磯の香りは海苔より立ちぬ

春の雪

朝戸出《あさとで》の道に降り来る春の雪たまゆらゆれて
手のひらに受く

雛人形収めし箱を戻しゆく天袋といふ奥深き
闇

ネクタイを結ぶ順序にこだはりていつもの電車に乗り遅れたり

地をなぶる暁の風　攫《さら》はれて帰ることなき友を思へり

おぼろ月高層ビルの上に浮くヒトの歴史の今どのあたり

忘れゐし軽きリズムに鋸《のこ》を挽くわれら新しき
郵便箱《ポスト》を作ると

新茶

隣家なる赤子のこゑの止みしより開くことなき春昼の耳

黒髪の二字をマウスに弄ぶ江戸勘亭流にたどりつくまで

あるゆふべ思ひ出したり内深く刻まれてゐし
三河島事故

真はだかの腕が呼吸をはじめたり若きみどり
の街路樹の下

マジックの種《たね》を一式詰め込みし革の鞄は何処
にゆきし

手に摘んでやはらかき葉よ軒先に新茶一服いただいてゐる

考へて考へ抜くとふ快楽を知らざりき嗚呼時が過ぎゆく

やさぐれてまた帰り来し猫なるや水飲む仕草堂に入りたり

なかぞらを吹かれてわれは来たりけり風の駅
とふ駅舎のベンチ

夏の光景

夏草のにほひ揺れたつ石道に光《かげ》ともなひて雨
脚は来る

水に濡れ手を垂り歩む人の列渡り来るなり向
かう岸より

八月の死者を遙かに思へどもひとりの自死の
鎮め難きも

わたつみは潮満てるらし卓上に銀のナイフの
にぶく光れり

てのひらに末期の蟬を握りしめ幼き者は硬張《こはば》
りてゐき

停電の闇にすつぽり包まれぬ何かたのしき企《くはだ》てなきか

注《そそ》がれし越乃景虎グラスより溢れむとしてしばしとどまる

塩焼きの鮎を串より放ちやる岩越す水のかたちのままに

ＰＣが怒れるごとく唸り出す脳も眼《まなこ》もいづれ壊れむ

新しきマウスの肩に指を触れ動かしてゐる立体地球儀

地の上にまだ光ある夏の暮れ人も河童も素足にあゆめ

百鬼夜行

今生にひとたび百鬼とまみえむと夏の終はりを南総に来つ（国立歴史民俗博物館）

走り来る鬼に追はるるものどもはゑみを浮かべてゆつくり夜行す

へたり込むがごぜ、　かみきり後ろには桶・傘
かぶる妖怪のゐる

かざしもつ木蓋《きぶた》の取つ手の有無により絵の系
統はたどり得るとぞ

棒持ちて薬研《やげん》の車を回しゐる薬漬けなるぶよ
ぶよの腕

化け物が赤き光にあふまでの楽しき時間を絵巻は収む

＊

溜め息に怒りを交へ聞くものか人身事故の車内放送

厩橋《うまやばし》李君とふたり渡り来て泥鰌を食へり胡坐かきつつ

旧暦で満月の夜を祝ふとぞ四川《しせん》の月は大きいだらう

ライトアップされたる塔を見上げをり茂吉見ざりしこの五重塔

ぽつかりと魔界が口を開けてゐる……はずも
なけれど奥山を行く

ともし火と影を川面にゆらしつつ鉄の橋あり
浮世絵の中

右側の耳の奥なる空間に木の葉さやげり地震《なゐ》
振るらむか

指と頭

ポケットに手など入れてはいけません男《を》の子
は言はれ大きくなつた

パソコンと頭を繋ぐ十本の指なりゆびをとき
どき洗ふ

熱と音かすかに放ち卓上に息づく脳をタワー
と呼べり

歌詠みは長命なれば短かかる歌人の生をしば
し愛《かな》しむ

三合の酒に呑まれてわれとわれ今宵楽しき嘘
比べせむ

天降《あも》り来る睡魔とまぐ合ふ一瞬の後の脱力本が落ちたり

感動を言葉にせむとそのむかし幼な心は感動を欲りき

充電をしたるケータイ胸に入れサイボーグわれ立ち上がりたり

憂鬱の鬱の草むら刈り取らむ鎌はなきかな鋭《と》鎌《がま》、月鎌

ゆつくりとカッターの刃を押し出してまた押し込める灯《ともしび》の下

たなごころ

あきらめて待つ小半時《こはんとき》竹林をわたれる風を耳は愉しむ

幾筋の川の記憶をたどりつつ銀杏降り敷く坂のぼりゆく

ゆつくりと東へ動く雲の下うねりてをらむ冬
の波濤は

完全な眠りを欲《ほ》りて隠《こも》り沼《ぬ》のほとりの道に誘《いざな》
はれ来つ

加湿器のペットボトルの湯の音す春の原野を
走れる夜汽車

長調の中にひそめる短調をたのしむやうに弦をふるはす

その後に何処ゆきしや軽やかにハサミ操りキップ切る人

新月が銀杏の枝に懸かれるを信濃の人は足早にゆく

胡桃ふたつ手に遊ばせてマスターは煙草の害
を語りはじめぬ

ふるさとを心に置きてうたふ歌もちしことな
し夕日が痛き

鶏《とり》が鳴く東《あづま》みちのく押し靡《な》べて嵐吹くなり春
到るべし

パンデミック

過ぎゆくは驟雨ならねば戸を鎖せり憑きもの
と呼びウィルスと名付け

アメリカ発パンデミックはそのむかし大き戦
を終はらせしとぞ

豚《ポーク》と言ひ鶏《チキン》と言へど人間に食はるるために生
くるにあらず

裾引きて野に追はれゆく人の群れ液晶画面に
遠く見てをり

終末をいくたび越えて生きゆくや飛ぶとしも
なき揚羽蝶《スワロウテイル》

美しき列組み湖上を渡りゆく鳥は緑を食ひ尽
すとぞ

わが脳の輪切りの写真並べられ吟味されをり
味噌の具合を

落ち込みは感染《うつ》ると言へりひねもすを壁の向
かうに子は眠るらし

伸びをして腕を振りまた伸びをする橋上の女
身ごもれるらし

さしあたり希望を言へばもうすこし小さな声
で話してくださされ

流れゆくとき

みづうみの夕日を見むとのぼりゆくうすむら
さきの春の傾《なだ》りを
ものの影現し身深く揺れゐたれ手に纏《ま》き持て
る何ものもなし

身投げせしむかしのひとの物語書かれゐるらしこの板の上

まだ少し時間があれば聴かむとす野の鳥のこゑ梢吹く風

冷蔵庫マット自転車本テレビ投げ捨てられて木漏れ日を受く

大いなる乳持つ鳥の両翼に覆はれてゆけ地の
上の傷

磨かれしガラスの向かう　鏡面に髪切られゐ
るひとの顔見ゆ

青光る剃刀の刃に触れにしはいつの日なれや
その薄き羽根

美術館の回廊即ち地下鉄の入口にして流れゆく水

人だかりいくつかありて政変を待つにかあらむ国会議事堂裏

感情が内へ内へと吸ひこまれ身動きとれぬからだなるべし

電脳の脳打ち砕く夢なりきゆめよりさめてメ
ールを送る

風の道ここにあるらし卓上の新聞わづかめく
られてゐる

松の木の梢を過ぎて川原のまろく静けき石に
やすらふ

つややかに若きみどりの芽の萌えて茶畑は今
摘まるるを待つ

口中に、否《いな》脳中深く刻まれてひねもすわれは
五月の茗荷

ぽつかりと空いた時間に死が過《よ》ぎりしんにさ
びしいゆふぐれのそら

目鼻持ちかたち定めぬわたくしはつつじ群れ
咲く中を分けゆく

とこ永遠《とは》にこの世の果ての来ぬ虞れ絆創膏を
魚の目に貼る

一脚の椅子としてある歓びにこのあさ窓の光
を浴びる

葱坊主

花の名をわれは知らぬをなかぞらに揺れてただよふ白き花びら

食卓を裏より見ればわが位置にビスの一つが外れてゐたり

取り憑きし黒きかたまり払はむとわが部屋内
にこゑひびくなり

鈴の音微かにひびく　階段をけものの影が上
りくるらし

うつすらと笑つてゐるよ葱坊主四つ五つ六つ
月の光に

もう少しゆけばかならず楽になる楽になるとぞ歩み来たれる

うす青き光の影のゆれゆるる逢ふ魔が時はどこにでもある

意地を張ることはおよしとささやけるこゑはすれどもわが神ならず

電線に絡め取られし半月をわれは見てをり壁
に凭れて

ただ眠しひたすら眠し指に押す眉間の奥が凝
りゐるらし

ケータイに雲の姿を収め来て駅にゆつくり珈
琲を飲む

少しづつ古りゆくものを楽しまむパソコン自
転車わが身わが脳

夕暮るる山辺に白くつづく道「再訪」といふ
絵の前に立つ

Ⅱ章

2011〜2014

人も樹木も

一人出《い》で一匹増えしこの家に年越し蕎麦を啜り合ふ音

卓上の兎の目に照る石榴石《ガーネット》隠岐の岬は雪降りてゐむ

何となくめでたくあれば正月の街をめぐりて
手袋を買ふ

八《はち》国《こく》山《やま》土やはらかし枯れ枝の向かうにのぞく
高層マンション

さみどりの声をはらめる冬の風人も樹木も夕
映えの中

なかぞらを月渡りをり火の上のアルミの鍋に
豆腐がゆるる

しきたりに従ひゆくを怠惰とも怯懦とも思ふ
一人茶を飲み

歩道橋上ればば迅き風ありて去年の形に富士の
影見ゆ

いつ知らず殺《あや》めし親か光洩る扉の隙間を風が抜けゆく

去勢され日々縮みゆくもの晒し夢二は尾を立てのそりと歩く

卓袱台も炬燵も無ければ新年の食卓に書くうさぎの賀状

こゑ

あかときを寒きソファーに目覚めたり耳鳴り
遠く海よりひびく

夢なりと夢に叫びぬゆつくりとわれが落ちゆ
く時間の裂け目

春の雪遠く降るらしケータイの着信ランプが
点りて消えぬ

ひんやりと背なを流れてゆく水か地の瘤に立
ち空を見上ぐる

翼もつものにあらねば失ひし言葉を探す地下
遊歩道

蠟燭の照らす机上に少しづつ形変へゆく日本
列島

天に向きはくれん開くところ過ぎこゑを聞き
たし人間の声

手

階段を上り来たりて高層の窓に拡がる街の灯
を見つ
さらはれて姿隠しし人の背を見失ひたり地下
のホームに

女川《をながは》の佐藤成晃生きてをり液晶ならぬその強き文字

洪水が地を覆ふともこの星に天つ空ゆく鳥船あらず

腐りゆくお前の内部さらせよと朝を飛び来て鳥は鋭し

うぶすなを持たざるわれら流されて何処の土
に帰りゆくべし

禍《まが》つ日の神が手《た》触《ふれ》れし塵《ちり》泥《ひぢ》を祓《はら》ふ神無し片《かた》す
人あり

手に受けて水を飲みたりわがうちの六十兆の
細胞のため

感情の統べられゆくを畏れつつまだ見ぬ君に
言葉を放つ

帰り来て匂ひなき手を湯に洗ふ幾たび洗ふ臭
ひなきゆゑ

苦蓬酒《アブサン》をひとり飲まむか籐椅子に遠からず来
る地震《なゐ》待ちながら

吉野の桜

つつじ花にほふ小径を遠き世の言葉にひかれ
わがのぼりゆく

矢倉より千本桜見はるかす恥づかしきもの眺
むるごとく

花にあそび風とたはむれ水分《みくまり》の社《やしろ》の庭にまなこを瞑る

音に聞きし吉野のさくら夕闇の中をながれてとめどもあらず

おののきて憤怒のさまを見あげたり三鈷をかざす金剛蔵王権現像

みどり噴く傾《なだ》りをたどりわがまなこ遠くかすめる桜見てゐつ

いつしんに午後の光を浴びてゐる三楽荘の真つ赤な座蒲団

尾根に向け霧立ちわたれ杖つきて役《えん》の行者が歩みゆくらし

ふたたびは見ることなけむ傷ましく咲いて散
りゆく今年の桜

黒紙

いかづちの青空深く籠りゐむわづかにうごく
三毛猫のヒゲ

東国の土より出でし縄文の土器の形を夜半に
思へり

鷲が鳴き子馬麦食《は》み人の寝《ぬ》る東《あづま》の歌を今年は
読まむ

南蛮の船に渡りし和紙の上レンブラントの艶
めける闇

さみどりの言葉生《あ》れ来よ留学生韓君と見る海
の落日

日より火を採りて焦がしし黒紙の臭ひ立ち来
るルーペ覗けば

沖つ波寄せ来るやうなゆふぐれを朝顔提げて
雑踏をゆく

武蔵野

CHRIST is the HEAD of this house
THE UNSEEN GUEST at every meal
THE SILENT LISTNER to every conversation

武蔵野の家を訪ねてゆくりなく夏の終はりの
時は移らふ

食卓に見えざる《アンシーン》客《ゲスト》の貌揺れて老い人二人寡黙
に食す

螢光灯一本切れてしつとりと空気が淀む父母の家

草原の道を家族と歩みしは父なるわれか子にてありしか

源は雲立てる山ゆつくりと流るる川の岸辺をあゆむ

＊

あの時に吹つ飛びたりしあれこれを思ひ起こ
せどせむすべもなし

騙される方が悪いといふ理論いくたび聞けど
納得をせず

武《ウー》漢《ハン》

抜き抜かれハイウェー行けば靄の中現れ出たり高層住宅群

大いなる瓦礫となりて広がれり五〇年代のアパートの跡

＊

秋なれば烟霞ならねどばうばうと河在り河を
越え行く車列

記念碑《モニユメント》租界の今を睨みをり長江泳ぎし伝説の
人

注がれて白酒《バクチユウ》呷る李君の首筋赤しはじめて見たよ

旧館を出でてあまねき秋のひかり紅衛兵の幻がゆく

赤兎馬

粗塩《あらじほ》を指につまみて擦り零す皿の上なる草葉のみどり

匂ひたつ樹木の湿り遠き日の記憶に触れて漂ひ来たる

西風が東京湾を誉むる夜甲州葡萄の種を吐き出す

少しづつ形くづれてゆく雲かわれは見てをり眼《め》の冴ゆるまで

絶え絶えに闇の底よりひびき来る消音《サイレント》ピアノの鍵《キー》盤敲く音

昨夜《きぞ》のごと酒房花音《カノン》の止まり木に薩摩焼酎赤《せき》
兎馬《とば》を呑む

逢ふためにいくつ別れを重ねつつ古人《いにしへびと》も酒を
讃へき

蜘蛛の巣に枯葉一枚揺れてゐる千年たつたら
遊びにおいで

吉凶の間《かん》を生きゐて愉しかり灯火《ともしび》照らし自転車を漕ぐ

一夜さに黄葉《もみぢ》しにける幻をこころにもちてこの朝を出づ

星の影

口開けて酔漢われら見上げをり地球の影に喰はれゆく月

月蝕の空を仰ぎて渡りゆく夜の闇なき横断歩道

成り行きに任せ愚かに過ぎし日よ呆と見てゐる蝕進む月

月蝕の空にくつきり顕れて冬のオリオン三つ星しづか

匿《かく》されて赤く漂ふ月の下最終電車に運ばれてゆく

人間のほろびし星の影に入る月を見てをり梟
の目は

氷湖

そのむかし歩みし道をひとり来て氷張りたる湖に出づ

氷上に置かれしごとく祠あり渡りゆきたる男をの神を見ず

青き空映さぬ氷湖の岸に立ち命の息を白く吐きたり

平らかに蒼き鏡の浮かびをり氷覆へるみづうみの沖

山の間に雪を抱ける山ありて視線はあそぶ頂きの空

みづうみのほとりに積もる雪を踏む足あと数《あま》多《た》われも踏みゆく

山の水集め湛ふる大き壺人はめぐりて人と逢ひしか

見るうちに溶けてゆくらし湖に氷の動く音はせねども

みづうみを閉ざしし氷を見てゐたり冬の終はりを待つ軽鴨と

この夏の蟬

戦中を生き抜きし人ら見送りてうらさぶしも
よ花の下道

指先の百合の花粉を流しゆく扉ひとつに死者
と隔てて

何を憎み何に抗ひ来しわれか丸み帯びたる氷
片を噛む

眠りよりうつつにかへる午後の光《かげ》はじめて聴
けりこの夏の蟬

蜘蛛の巣を棒に払へばどこよりか蜘蛛の現れ
奔り過ぎたり

亡き母の声に呼ばれて来たる庭あらくさは夏のにほひを纏ふ

大方は読まれず失せむ戦前のノートブックのたらちねの文字

夢にだに現はれいづることなきと姉なる人の葉書一葉

痛む歯を道連れにして帰りゆく満月の夜　自転車を漕ぐ

雨の中時も記憶も静止して墨絵の中に釣り人ひとり

はひふへほ

夕波の砂に吸はれてゆくやうな怒りでありしや怒りなりなりけり

立ち上がる時を失ひ後列にわれはをりたりまなこを閉ぢて

はひふへほ眺めてゐると何となく身のほどか
れて書くはひふへほ

夕鶴の一羽飛び立つまぼろしを二十二階の窓
に追ひゆく

歳晩の人まばらなる街に来て紫色のセーター
を買ふ

溜息のわれの口よりいづるらし夜の電車に四囲を見回す

武蔵野の雑木林に降り敷ける真白きものの傍らを過ぐ

話しつつ古きソファーに眠りゐる父の寝息の長きその息

戦前の家族と妻の写し絵の立てかけらるる加湿器の脇

日と時とわからずなりしといふ父は塩と醤油を所望するなり

道端に積まれ汚されゆく雪を老人ホームの窓に見おろす

帰らむと扉を開けて振り向けば小さく動く父
の手のひら

あぢさゐ

みんなみんなとうに死んでしまつたと或る午
後父はぼそりと言へり

痛いとは言はずに顔を顰めゐき黒き足先の処
置をされつつ

目標を自ら定めリハビリに励める父を畏れは
じめぬ

あの世とは生者のためのものなるかユダの聞
きたるあかときのこゑ

骨壺を地中の棚に並べ置く永遠に見るなき四
角い小部屋

弟が九段に祀られゐることを神の僕《しもべ》は諾はざりき

はじめより持たざるものを振り向けば身の洞を吹くふるさとの風

入りたることはなけれどこのあたり茶房「再会」の扉がありぬ

あぢさゐの花の乏しき年なりと人は雨戸を繰りながら言ふ

躁と鬱の狭間にありていつの間に来てゐる本木歯科医院前

草の葉をゆつくりゆつくりのぼりゆく末期の眼《め》とはいかなる眼《まなこ》

ここにありてここにあらざる命かも静もりいます人のからだは

ただ一度父が語りし戦闘の話も手振りもおよそ忘れぬ

虚空の花

月中天　内よりほどけてゆく身体《からだ》熱帯産の花
の香を聞く
枯れ果ててしまひしものと思ひしが夏を越え
来ぬ二つ蕾は

昨年の今日の日なりき今は亡き人と開花を待
ちてゐたりき

刻々と白き花びら開きゆき白き宇宙にそそり
立つ蘂

今生に見ることあらじ望月のひかりに濡れて
咲く一夜花

秋の朝窓辺の鉢に垂れ下がる萼のやうな花の
むくろは

風の銅鐸

いつか見し川の流れと思ふとき真白きものの
空より来たる

夏光《かげ》を返す浅瀬に立つ一羽まこと白鷺のさま
にて佇てり

一歩二歩動くともなく近寄りて水面を破る黒き嘴

銅鐸に描かれし鷺のくちばしの長く直ぐなる時間を想ふ

いまだ穂の出でぬ稲田に午後の陽はあまねく射して容赦もあらず

人間の作りしものを視界よりふたつみつよつ
消して愉しむ

長江のほとりの草にまぼろしの友と聞きゐし
風の銅鐸

海流に乗りて来たれる身に深く打つ拍ありて
言葉をさがす

今日一日逝きにし者を思はざりきゆつくり動く紅帯ぶる雲

五十代過ぎゆく早し明け方の腓返りに声をあげつつ

車窓より束の間見ゆるベランダにTシャツ一枚干されてありぬ

韮の花白く浮き立つかたはらを汗垂りながら
いづくへ帰る

小半時ベッドに本を読みゐしが覚むれば何の
記憶もあらず

ともかくも今日をあらむと開く扉《ドア》ねぢけ心を
捻ぢ伏せにして

無くて七癖

遠く近く記憶の中に日を浴びて夾竹桃の花は
動かず
美しき反りをもちたる木の椅子に坐りて待た
む風の吹くまで

お葉書に励まされましたと死者宛ての手紙一
通転送され来ぬ

亡き人が亡き人たちになるまでの時間を重ね
人は祈れり

執拗に得手と不得手を聞かれゐる夢から覚め
て嫌な朝なり

まだ馬鹿をやつてるのかと友は言ふ豆腐に七味を振りかけながら

つるつるの皮膚にそうつと手を触れつ瘡蓋《かさぶた》取れしわが膝小僧

西陽さす非常階段に間をとりて男女三人煙吐く見ゆ

愉しかる一日なりけり事どもの軽き重きを問はざりしゆゑ

身に深く日々育ちゆくわがままな細胞群の音聞くごとし

列島の熱を冷ましてゆくやうな雨なり天にわが顔さらす

それぞれの猫に七癖あるもので雑誌の小口《こぐち》で
爪研ぐ夢二

子を連れて海辺をゆくは父なるかすれ違ひざ
ま目を逸らし合ふ

今こそ駆けよ

いななきは悲鳴にも似て夢の中馬の匂ひが通り過ぎたり

呆として黙すあひだに組み込まれ雁字搦めの日々と言はむか

六十年記憶薄れてゆくなれど馬齢を重ぬといふにもあらず

幾ひらの写真が作る少年期なにもなけれど破り捨てたし

単線に駅舎と呼びたき駅ありぬ日々を通りて楽しまざりき

川の辺の慌て床屋じゃあるまいに周章狼狽泡
吹きてゐる

絶望に陥りたりし経緯《いきさつ》をチャートに書きてた
どりゆくべし

二年《ふたとせ》を喪中にありて飲まざればこの先屠蘇を
飲むことなけむ

馬偏に主《あるじ》と書きてとどめ置く車ならざるまぼろしの馬

駭《ガイ》も騒《サウ》も馬が驚くことをいふ今こそ駆けよわが暴れ馬

竜虎図屏風

わが視野に入りてめぐれるものふたつ水の上
ゆく鳥と鳥影

ちりちりになりたる紅き葉が残る夜の楓の幹
に触れゆく

こともなくひと日の暮れて街角に媼は佇てり
小犬を抱へ

憤懣を宥めすかして来しからにわれの思ひは
いびつなるべし

湯に割りて呑む焼酎の香り良し芋ならば芋麦
ならば麦

輪郭をなぞりて誤つこと多し指の視力の衰へるらし

渦をなし水巻きあげて現れし龍の目ン玉左方を見据う

（龍虎図屛風）

右に向けて風吹き起こる岩のうへ首を傾げて虎の目わらふ

ゆうらりと衣の裾を遊ばせて碁盤に見入る傍らの人

（琴棋書画屏風）

蚕の眠り

養蚕の家居を見むと上州の坂東太郎のほとり
に来たり
お蚕は繊細なれば大屋根に湿気をのがす櫓を
建てぬ

貴婦人の絹を紡ぎてはしけやし戦《いくさ》の船を購《あがな》ひたりき

（富岡製糸場）

村々の繭を集めて蔵ひたり明治五年の煉瓦の兵舎

電灯をまだ知らぬゆゑ糸紡ぐ器械も女工も安眠《やすい》せしとぞ

小学校の宿題なれば紙箱に蚕を飼ひて死なしめにけり

旧都逍遥

ザ・バーといふバーに来たりて一杯のオンザロックに酔ふ小半時（Nホテル）

流れ来るモンクのピアノ聴きながら溶けてゆくのも悪くはないか

気がつくと見つめてゐたり火を燃やすことも
あらざる暖炉の空間

いたづらに横木の上を伸びてゆく柱の数をべ
ッドにかぞふ

金属の大きな欠伸　スチームが目覚めはじむ
る音におどろく

梵鐘の翳に包まれ遠き世を渡る響きをまぼろしに聴く　（東大寺）

たっぷりと午後の光を浴びながら鴉と見下ろす大屋根の反り

歩み来てミュージアムの中に立ちませる日光月光二躰の仏

念力にあらず千手の武器と智恵　菩薩立像は
小さき口もつ

鐘を撞く時の至れば鐘鳴れりともにふるへる
言葉あらねば

仏頭に似たる頬もつ少年はその後いかなる凶《まが》
つ火を見し

列なして尾灯流れてゆくゆふべ若草山を風の
撫でゐむ

ひとよ

明け方の火事を見しより指先のくゆるにほひを三たび嗅ぎたり

諦めがよろこびとなる日もあらむフェンスに開くパラソルいくつ

存分に生きしならねど戦ひに果つる一世《ひとよ》をわが思はざりき

ワンワンと小声で呼べば巻き舌でわんわんわんと猫が応ふる

地より湧く息吹のやうに現れて公孫樹一樹は黄に極まれる

背もたれに掛けられてあるマフラーを遠き記憶の中に見てをり

麻酔より覚めざることを思へども数重なればなすこともなし

怕《おそ》ろしき物を詠みたる歌三首末に置きたる巻を読み終ふ

南国の果実の肉を匙で刳るおやこ四人が卓に黙して
あれこれと行けぬ理由をかんがへて午後の時間をたのしむごとし

Ⅲ章

2015

堀《ほり》兼《かね》の井

喪の明くる年にてあればスーパーにやや大きめのお飾りを買ふ

＊

街道の脇なる杜にこの土地の祖の掘りたる井
があるといふ

人ひとり越えゆくために架けられし橋と思へ
り、はじめて渡る

平らかに水の流るるところ過ぎ瀬音さやげる
ほとりに憩ふ

白きものはつか動くと思ふとき絵に見し鷺が
二羽飛び立ちぬ

わが靴は畠のなかの道をゆき堀兼の井に到ら
ず帰る

明日のため残し置かむと短編の半ばを過ぎて
あかりを消しぬ

はぐれ雲

ひと月の断酒の後に呑むビールそれほど旨きものにもあらず

しまはれし言葉ひとつをひらかむと青き表紙の本に入りゆく

そのまなこ何を見てゐき膝曲げて手のひら合はす土偶の人は

今日のみは朝より白き猪口《ちよこ》で呑む温めた酒が鼻をくすぐる

休息をからだの芯が欲りてゐる冷たき胸にホカロンを当つ

殺めむと思ひしものを言霊といふものあれば
まづ茶を啜る

壁を指し鼠が走るといふ人の言をうべなふ、
ねずみがはしる

終焉があると思へばなにがなし身軽くなりて
歩く一万歩

ゆふぐれは濃淡ありてなかぞらにはぐれし雲
の流れゆく見ゆ

ゆゑあれば怠けてすごす日の暮れや五勺の酒
に酔ひて居眠る

避難場所

産土《うぶすな》の社《やしろ》といふにはあらねども日々を過《よぎ》りて
見あぐる銀杏

雪に裂かれ人に伐られし神の木がいつしか繁
り鳥を憩はす

人間の居らぬ地上を眺めける大いなる樹の子孫を抱く

戦争の間《かん》に物を売り太りゆく普通の国になさむとするや

空《くう》を切り地を打つ縄の伸び縮む真昼の闇に軋む背骨は

明け鴉間抜けな声で鳴くからにカカアカアカ
ア我も応ふる

せつかちとあなたは言ふが残りたる時間短し
この列島に

向かう側のホームの下に間を置きて洞《ほら》あり光
る軌条《レール》のほとり

避難場所と黄に書かれたりわが立てるプラットホームの白線の外

背後から寄り来て右脳に這入りたる水のやうなる魔物なるべし

夏草のやがて覆へる道ならむ近き記憶のかへることなし

つゆ草と螢ぶくろと名を知らぬ白き花咲く廃屋の庭

新年の客が撫づれば首を振りこの人形は微笑みしとぞ

古き良き時代と言ふべしまぼろしを追ひて雛《ひひな》の膳を並べる

部屋隅に夕日は及び亡き人と遊ぶ女人《をみな》のうら若きこゑ

解体を幾たび重ね熟れゆくや汁したたらせ枇杷の実を食ふ

紫陽花の毬が囲める電柱の角を曲がりて草の香を嗅ぐ

明け方に降りはじめたる雨強し開き直りとい
ふ処方箋

白紙《しらかみ》をさかさまに置き振出しへ戻るおもひに
カッターを引く

今日も雑食

目、鼻、口　味なき味を楽しまむいつもの椀
に白粥を盛る

あまたなる異物を食らひ太りたる獣の肉を胃
の腑に収む

小つぶなる甘納豆を食べながら国宝展の図録をめくる

おもむろに包みをほどき一言を唱へてひらく弁当の蓋

尾に近きところを指でつまみつつ頭より食ふカナダの柳葉魚《シシャモ》

細麺《ほそめん》に魔法の息を吹きかけて酔ひも怒りも鎮めむとする

高原の花の香りをただよはせ蜜はとけゆく熱き紅茶に

遙かなる日向の灘の底深くメヒカリの眼は青く澄みゐむ

糸魚川

帰らざる人を待ちつつ霙《みぞれ》打つ海岸通りに波の
穂を見る

翡《ひ》翠《すい》珠《たま》求めに来たる八《や》千《ち》矛《ほこ》の神を焦《じ》らしき沼《ぬ》
河《かは》比《ひ》売《め》は

いにしへを模して研がれし勾玉は螢光灯の光
を反す

木の桟の硝子かすかに音すなり風の吐息に震
へゐるらし
（相馬御風宅）

ひんやりと籠れる時間　灯をともす土蔵の中
に雪降るごとし

荒海に沿ふ国道を歩み来てここより始まる塩の道はも

午後四時の雪積む町にいただきぬ釣り金目鯛、辛口謙信

列島の真中にしばし眠りゐるフォッサマグナは大いなる龍

明後日《あさて》には新幹線が開業し在来線のホームとならむ

小雪舞ふ方より特急北越はライトをつけて厳かに来る

海を背に建つ良寛堂宝暦八年山本栄蔵生れしところ

（出雲崎）

ブロンズの良寛和尚坐りをり海荒るる朝、風
凪ぐ夕べ

妻入りの家居並びて人を見ず北国街道三月の
雪

光照寺道を違へて求《と》め来ればば濡れたる石に薄
ら日の射す

慕ひたる相馬御風の手蹟《て》になれる「良寛禅師剃髪之寺」

出雲崎海に向かへば何もなし何もなきゆゑ風に目を閉づ

憧れのハワイ航路

小林さん翁といふにはちと若き紳士でありしが仏となりぬ
ただ一度泥鰌すくひを躍りたる八王子の夜を今に忘れず

この店に会ひて別れし人の顔思ひ起こせど出て来ぬ名前

身罷りし人のボトルの酒を酌みハワイ航路で献杯をする

*

左うで痺れ右肩強く凝るこの春にしてザック
を背負ふ

とめどなく眠くはあれど見放くれば変はらず
光る鎌倉の海

野川のほとり

人気なき広場に立てば切れ切れに聞こえ来るなりホルンの響き

半世紀経ちしか崖線《はけ》の道を行き大方変はらぬ地形を眺む

桜咲く道を下りてなつかしきベンチに座る野川のほとり

川やなぎ大きく枝を靡かせて並ぶ桜の落花を誘ふ

黒きものあまた動くは蛙の子おたまじやくしと呼ぶ人もゐる

夕空の花の梢に月影は記憶のやうに白く浮き立つ

野川といふやさしき名ある川に沿ひ歩けば犬と人に会ひたり

炎暑

まだ何かやり残したることなきか眼鏡を外す
夏至の夕暮れ

鉢一つ蕎麦屋の暖簾の下にありはつかに揺る
る鉄線の花

言論の締め付けられてゆくさまを今見る如くかつて読みにき

親指と二本の指に挟まるる猪口を支ふる薬指はも

事後処理に追はれ早くも週半ば口が寄りゆく

「幻の瀧」

風炎の熱とこそ言へ列島の背骨を越ゆる南《みんなみ》の風

黒潮のうねりに乗りて泳ぎたる記憶は遠き岬をめぐる

遠からず火を噴く山か　新しきビルの隠せる方角を見る

いづくにも神は坐《いま》さずロシア人《びと》イリヤが語る恥の効用

茎も実も紫色に撓みたる茄子《なすび》を濡らす細き雨脚

記憶

潮の香か沼の匂ひか分かねどもビルより出でて夜の風を受く

あるはずのキーホルダーが見当たらぬ再び見れば机上に置かる

新宿に安直といふ店があり豆腐を食らひ酒を
呑みにき

独り言ごまかし居れば現在の無き人君はと妻
の言ふなり

みかん箱またその中に箱ありて五たび開くれ
ど亡き人あらず

捨てられぬゆゑに遺りし筐なりと思へど捨て
たり我楽多として

この暑き地上を動く蟻の声聞きつつ歩む手を
振りながら

佇めば胸よりどつと湧き出づる若からぬ身の
水また火照り

百万石の酒

南洋の雲を連れ来し台風の降らせし雨か犀川速し

四十年前に来たりて一杯の珈琲飲みき片町交差点

夕闇にふらり入りたる源左ヱ門麒麟を走らせ
汗を引かしむ

口先を窄めグラスに顔を寄す溢れむばかりの
酒はこぼさじ

菊姫で口を浄めてのゝどゞぐろゝのねめる刺身を舌
に載せたり

逃避行いく度試み遂げざりきかららり揚げたる
白海老うまし

酒の味わかりはせぬが塩ありて豆腐のありて
この秋の夜

連れ合ひを負ぶる気力はあらねどもとことん
呑まむ加賀天狗舞

どこにてもよそ者なれば座蒲団を置ける丸椅
子見て過ぐるなり

*

帰り来て虫の音聞こゆる席に飲む黒糖霧島お
湯割りにして

金沢の川を見しよりこの三日電子ブックに秋聲を読む

遁るるも逐はるるもまたひとよにて泉鏡花の雨の草むら

湧泉

茶畑でありしところに大いなる足あとありて
秋の日を浴ぶ

信号は青、青、青、青　この朝を駆け抜けて
ゆく風と自転車

スーパーの前のベンチに日は射して爺さん婆さん空を見てゐる

大輪のミニバラ一鉢買はむとす植物園の菊のとなりに

藤田嗣治、全所蔵作品展示　於国立近代美術館

犬は床に猫はベッドの端にゐて白き肌への女らを見ず

（「五人の裸婦」）

じやれあつてゐると思ひし十余匹　闘を描きたり昭和十五年

（「猫」または「争闘」）

砕けゆくさまにあらざり銃と剣向け合ふ異なる鉄帽の兵

（「アッツ島玉砕」）

両腕を捧げて何かを叫ぶ人天つ空より光は射さず

（「サイパン島同胞臣節を全うす」）

ぐい飲みと錐がトイレの棚にあり確かにわれが昨日置きたり

足裏の湧泉《ゆうせん》を揉むイライラを鎮むるといふ枯れたるいづみ

白き肩土よりのぞかせこの夜を太りゆくらむ畝の大根《おほね》は

来る春はいかなる花を咲かせむや初笑といふ

椿ひと本

桜と団栗

朝九時のブロック塀に濃く淡く雨の記憶は吸はれてをりぬ

崖線《はけ》の道歩み来たればしろがねの穂のあるところ川音聞こゆ

動かざる時間のやうに浮かぶ鴨父母未生以前の水面なるべし

白きもの秋の梢に置かるると近づき見れば狂へる桜

この夏のうたごゑ残る空を背に咲ける桜を目《ま》陰《かげ》して見る

歯根深くいたづら好きの鬼がゐて眠れぬ夜を
ときどき突《つつ》く

ブリッジを支ふる柱が揺らぐゆゑ新たな橋を
架けねばならず

頭の奥をふるはす鉄の回転のひとときは鈍く低
きその音

うすぐらき待合室の木の椅子に何を怖れき五十年前

細きうで空に伸ばせるユリノキはこの道の辺に木の葉を散らす

交差点曲る戦車のキャタピラに視線の先は轢かれてゆきぬ

子の手振り、猫の足どり真似ながら妻は食後
の体操をする

わが肩に触れて落ちたる団栗を二粒ひろふ今
日の形見に

日用の糧

白銀《しろがね》に黄金《くがね》に光るものありぬ葉を落としたる
小枝の間

近寄りて見れば数本の蜘蛛の糸宙に揺れつつ
きらめきて消ゆ

冬の空きりりと晴れて東京の坂の名前をひとつ覚えぬ

ジャングルに田村一等兵の聞きしこゑ聴かむと寒き街上に立つ
（『野火』）

幾千の窓に知らざる人のゐて淡く鋭くあかりをともす

腹筋を力いっぱい波打たせ鳴くカラスらに見張られてゐる

いつよりか暁闇《あかつきやみ》に聞こえ来る木琴たたく疎らなる音

腕時計ちらちらちら見つつ駅頭に人待つことの楽しみありき

耳馴れぬ口語訳なる主の祈り唱へて人と許しをこへり

壁の中に壁あるごとき部屋なりき本を一冊置き忘れたり

里芋はいかなる形であつたかと煮つころがしが頭を回る

貧しくも豊けくもなき青春の浅川マキをチューブに探す

大教室の前に一人で話すこと怖ろしければ眼鏡を外す

右奥の学生二人私語すると気づきはじめて落ち着かずゐる

人間が歌ふと言ひし高き声よみがへり来る角
曲るとき

残生と思ひはせぬが埋み火を置き替へ少し楽
になりたり

隠れ住む部屋もあらぬか四、五冊の本と蕎麦
殻枕を持ちて

自転車の鍵をなくして歩きゆく夜の細みち猫の目奔る

指先は手術の痕に触れてをり一筋細く盛り上がる皮膚

果たせざる義務を生きゆくごとくにて昨日の咎は朝《あした》に忘る

一人《いちにん》が喋り二人がうなづきて空気が変はる
寝ては居られぬ

とろろ飯《めし》はあるがとろろ蕎麦はないといふ立
ち喰ひそば屋にざる蕎麦を食ふ

うつろなる中心われは見てをりぬ窓の外ゆく
わが影法師

明け方に日毎聴こゆる音楽は誰かが掛けし目覚ましならむ

歩道橋取り払はれて空青し学校閉ぢて半年の後

樹の下に人のこゑする　近づきて木と語りゐる人と目が合ふ

村上隆五百羅漢図展

青《ブルー》・赤《レッド》・黄《イエロー》、渦巻きなせる波を呑み鯨の口は
大いなる海　（青龍）

発条《ぜんまい》の眉毛の下に眼を剝きて笑ふ羅漢のピア
スが揺るる

手を合はせ火の海を行く死者生者張り子の虎が岩より眺む　（白虎）

キャピタリズムの海に坐禅を組む漢《をとこ》星の争ひ永久《とは》に止まざる　（朱雀）

火の鳥の首はいづこぞ杖持てるヨーダのゆびさき印を結べり

カンフーの型を模したる阿羅漢はカワイイ龍
と眼を合はせたり　（玄武）

大空

今年またコスモスの咲くところ過ぐ宙に漂ふ
ましろ、むらさき

「人類はまた戦うよ　老空穂呟かれたり廃墟の東京」　武川忠一

「人類はまた戦ふよ」といひしとぞ空穂を想
ひ忠一を思ふ

薔薇園に薔薇の名前を読みながら果実のごとき香を嗅ぎてゆく

大空と名を持つさざんくわ蒼穹にうすくれなゐの花をあそばす

人工の二本の奥歯を挟みたるわがブリッジがプレートに在り

歯の強きことを褒められゐたりけり九十歳《きうじふ》越えて生きたりし父

指の跡しるく残れる篠笛を吹きて遥けき人呼ぶごとし

冬の日の深く差し入る食卓に蜜を垂らして麵麭《パン》をいただく

通過点か行き着く先かわからねど死といふものがありて安らぐ

昨晩《きぞ》夢を過ぎりし猫に出合はむか小路《こうぢ》を抜けて川端に出づ

何待ちて過ぐる月日か冬空に伸びゆくビルの美《は》しき空洞

あとがき

　去年の正月、十年間の歌が溜まっているので、歌集を作ろうかと思って整理をした。十年といっても、二〇一二年の夏から二年間の作は、前歌集『虚空の橋』（二〇一五年、短歌研究社刊）に十一編の連作歌集として纏めてあるので、その間の歌は少ない。どうにかパソコンの中に入れてみたが、つまらなく思えてそのままになった。

　今年になり、パソコンの操作を誤って、纏めた歌稿が画面に現れた。東日本大震災以前からの歌である。どこか懐かしさがあって、印字してみた。見るのも嫌なのに変わりはないが、虚実皮膜のものとはいえ、作った時々が思い出されて、苦笑したり、赤面したりした。同じ情景や言い回しも多いが、歌がなければ消えていたであろう瞬間の思いが刻まれており、啄木ではないが短歌というものの有難さを覚えた。そして、自分の現在とこれからがあれこれ思われ、パソコンが壊れないうちに本にするのも悪くはないか、と思うようになった。

本集は、二〇〇八年から二〇一五年頃までの歌から五四四首を選んで一冊とした。六冊目の歌集で五十歳代中頃から六十歳になる頃までの作である。この間、二〇一二年の四月には武川忠一が亡くなり、六月には母が、翌年の五月には父が死んだ。『虚空の橋』の期間だが、本集の歌はそれに前後する八年間の〈私〉の心身と思考の投影であり、呟きの集積であり、狭い範囲ではあるが時代の影を引く。歌を作ることで、私は精神のバランスを取ってきたのかも知れない。

タイトルの『薄明の窓』の「薄明」は、日の出前と日の入り後の、薄明るく、また薄暗い空のさまでありその時間である。両者は性格を異にするが、その境界領域の曖昧さに惹かれてタイトルとした。

作品は、所属する歌誌「音」や、短歌総合誌や新聞ほかに掲載したものである。配列はほぼ制作順だが、組み直したり、語句を改めたところもある。私が今まで歌だけは続けることが出来たのは、武川忠一が創設した音短歌会があってのことである。今は亡き先生や会の皆様に感謝申しあげたい。

出版にあたっては『斧と勾玉』以来の砂子屋書房の田村雅之氏にお世話になり、また『虚空の橋』に続き倉本修氏に装幀をお願いできた。どんな本になるか楽しみである。六冊目の歌集が出来るまで、いろいろと助けて下さった多くの方々に、心から御礼申しあげる。ありがとうございました。

二〇一八年三月

内藤　明

音叢書
薄明の窓　内藤明歌集
二〇一八年五月一〇日初版発行
著　者　内藤　明
埼玉県狭山市北入曽四五九―四（〒三五〇―一三一五）
発行者　田村雅之
発行所　砂子屋書房
東京都千代田区内神田三―四―七（〒一〇一―〇〇四七）
電話　〇三―三二五六―四七〇八　振替　〇〇一三〇―二―九七六三一
URL　http://www.sunagoya.com
組　版　はあどわあく
印　刷　長野印刷商工株式会社
製　本　渋谷文泉閣